short & easy

Robbert Jan Swiers

Backstage

In der Reihe **Short & Easy**
sind außerdem erschienen:

RTB 52236
Bernhard Hagemann, Mit Vollgas in die Kurve

RTB 52237
Inge Meyer Dietrich, Und das nennt ihr Mut

RTB 52238
Stasia Cramer, Tim und die Mädchen

RTB 52239
Ralf Thenior, Zerbrochene Träume

RTB 52245
Werner Färber, Volle Pulle

RTB 52247
Bernhard Hagemann, Champions für einen Tag

RTB 52248
Elizabeth Laird, Geheime Freundschaft

Robbert Jan Swiers

Backstage

Aus dem Niederländischen
von Verena Kiefer

Mit Fotos von Kordula Reichert

Ravensburger Buchverlag

Neuausgabe der Deutschen Erstausgabe
als Ravensburger Taschenbuch Band 52246
erschienen 2004

Erstmals als Ravensburger Taschenbuch
erschienen 1998 (RTB 52120)

Die niederländische Originalausgabe
erschien 1996 bei Uitgeverij Zwijsen
Algemeen b.v. Tilburg
unter dem Titel „Het is de bassist!"

Umschlag: Agentur Mauritius

Printed in Germany

**Die Schreibweise entspricht den Regeln
der neuen Rechtschreibung.**

5 4 3 2 1 08 07 06 05 04

ISBN 3-473-52246-5

www.ravensburger.de

Inhalt

1 Schwer verknallt

„Ich glaube, du bist ganz schön verknallt.“
Anne sieht erschrocken von ihrem Buch hoch
und wirft ihrer Schwester
Rosi einen wütenden Blick zu.
„Quatsch!“, faucht Anne.
Dann taucht sie wieder hinter ihrem Buch ab,
aber sie kann nicht weiterlesen.
Sie hat das Gefühl, die Augen ihrer Schwester
würden Löcher ins Buch bohren.
Rosi lacht.
„Natürlich bist du verliebt.
Du isst nichts,
du wälzt dich im Bett herum,
du stehst vor dem Fenster,
träumst und seufzst den ganzen Tag
und wirst sauer, wenn ich sage,
dass du verknallt bist, du …“

Rosi will noch mehr aufzählen,
aber Anne unterbricht sie.
„Ich bin nicht verliebt, ich bin nicht verliebt!“
Ihr Gesicht ist knallrot und ihr blondes Haar
steht wie Flammen vom Kopf ab.
Wütend schleudert sie ihr Buch über den Tisch.
Rosi kann sich gerade noch ducken.
Anne schiebt ihren Stuhl zurück
und rennt schnell nach oben.
Sie nimmt drei Stufen auf einmal.
Hinter sich hört sie ihre Schwester
unbändig lachen.
Sie schließt die Zimmertür ab
und wirft sich aufs Bett.
Das hat sie in Filmen gesehen.

Sie liegt noch nicht lange so da,
als ihre Mutter klopft.
Anne öffnet fast sofort.
Ihre Mutter ist immer total lieb,
wenn Anne etwas hat.

Die ist nie komisch oder eklig zu ihr,
ganz im Gegensatz zu Rosi.
Ihre Mutter setzt sich aufs Bett
und klopft mit der flachen Hand auf die Decke.
„Komm, setz dich, mein Mädchen.
Was ist denn los? Rosi sagt,
du bist verliebt. Stimmt das?"
Anne schaut sie schweigend an
und zuckt mit den Schultern.
„Weißt du es nicht genau?
Na, dann werde ich dir mal
von meinem ersten Schwarm erzählen.
Ich war neun, also ein Stück jünger als du jetzt."
Anne ist zwölf.
Ihre Mutter erzählt weiter.
„Der Junge war zehn.
Er hatte sehr kurze, schwarze Haare.
Er hatte eine Jacke,
wie sie auch die Beatles hatten.
Die waren damals sehr bekannt.
Alle vier Beatles trugen solche Jacken.
Man gehörte richtig dazu,
wenn man so eine Jacke trug.

Und in den Jungen mit der Jacke
verliebte ich mich.
Ich wusste eigentlich überhaupt nicht,
was Verliebtsein war,
aber ich dachte immerzu an ihn.
Morgens und abends,
in der Schule, im Garten.
Überall dachte ich an ihn.
Dann sah ich seine wunderschönen
braunen Augen vor mir,
seine Haare, glänzend schwarz.
Ich sah diese Jacke,
rot mit einem schwarzen Kragen.
Ich konnte weder essen noch schlafen.
Kurzum, all die Dinge,
die zum Verliebtsein gehören."

Annes Mutter schaut etwas verträumt
vor sich hin.
Danach sieht sie zu Anne.
„Aber er wollte lieber mit Liselore gehen,

denn Liselore hatte auch so eine Jacke.
Ich habe damals meine Eltern gefragt,
ob ich auch so eine Jacke bekommen könnte,
aber davon wollten sie nichts wissen.
Diese Verliebtheit dauerte ein Jahr,
dann war es vorbei.
Und weißt du, warum?“
Anne schüttelt den Kopf.
Ihre Mutter lacht.
„Weil ich mich in einen anderen verliebte.
Der hatte blondes, lockiges Haar,
Jeans und einen Schlabberpulli.
Ich bin nie wieder in Jacken verliebt gewesen.“
Anne lacht, aber sie fühlt sich noch nicht besser.
Ihre Mutter schaut sie liebevoll an.
„Wer ist es denn?“, fragt sie leise.
Anne legt ihre Stirn in Falten.
Soll sie es sagen?

2 Wer ist es?

„Ein Junge aus einer Band“,
sagt Anne dann schnell.
Sie starrt zur Decke,
als gäbe es da etwas Interessantes zu sehen.
„Aus einer Band? Was für eine Band?“,
fragt ihre Mutter verblüfft.
„Na, du weißt schon, die Simpsons,
die zur Zeit in der Stadt sind.“
„Ich kenne keine Popgruppe,
die die Simpsons heißt“,
antwortet ihre Mutter.
Anne kann es nicht fassen,
dass ihre Mutter die Simpsons nicht kennt.
Daraufhin platzt Anne mit allem heraus.
„Die Simpsons sind eine Popgruppe.
Sie sind eine Familie.
Die Jungen spielen alle in der Band

und die Schwester singt.
Sie sind zu fünft und reisen
kreuz und quer durchs Land.
Zur Zeit sind sie hier in der Stadt.
Und … und … es ist der Bassist."
So, jetzt ist es heraus.
Sie schaut ihre Mutter abwartend an.
Die spitzt die Lippen.
„Ich habe doch schon einmal
von dieser Band gehört", sagt sie dann.
„Das ist schwierig, mein Mädchen.
Du kennst den Jungen ja gar nicht richtig.
Außerdem reist die Band durchs ganze Land,
sind mal hier und mal dort.
Das wäre keine einfache Beziehung."

Das Wort Beziehung ist gefallen.
Annes Gesicht ist schon fast dunkelrot.
Würde sie … will sie … mit dem Bassisten …?
Ihr knallrotes Gesicht bekommt jetzt
auch noch weiße Flecken.

Ihre Mutter sieht es.
„Ja, aus dem Verliebtsein kann
eine Beziehung werden.
Nicht immer natürlich,
aber es gehört dazu.
Willst du das?“
Sie schaut ihre Tochter
mit einem sanften Lächeln an.
Anne nickt.
„Ja“, sagt sie, „ich glaube schon.“
„Nun, das wird kompliziert,
aber gegen Verliebtsein
kann man nichts machen.
Kommst du jetzt bitte zum Essen?
Du siehst aus wie eine traurige Krabbe.
Und das würde dem Jungen nicht gefallen,
nehme ich an.“
Annes Mutter hofft, sie so dazu zu bringen,
ein bisschen zu essen, und es funktioniert.
Anne geht mit hinunter.
„Wie heißt er?“, fragt ihre Mutter weiter.
„Benjamin, aber sie nennen ihn ‚Kiddo‘“,
antwortet Anne.

Nachdem sie seinen Namen ausgesprochen hat,
kommt es ihr irgendwie wirklicher vor.
Ihre Mutter lacht.
„Warum lachst du?“, fragt Anne empört.
„‚Kiddo‘ bedeutet auf Englisch ‚Jungchen‘.
Er ist sicherlich der Jüngste?“
Anne nickt, aber sie guckt noch böse.
Jungchen, was denken die sich eigentlich!
So klein ist er doch gar nicht.
Ihre Mutter legt ihr einen Arm
um die Schultern.
„Wann treten sie auf?“
„Heute Abend!“, sagt Anne
mit einem strahlenden Lächeln.
„Ich habe wochenlang
mein Taschengeld gespart.
Jetzt reicht es.“
„Schade um das Geld“, sagt Rosi,
die im Zimmer ist
und die letzten Sätze gehört hat.
Anne wird wieder feuerrot
und Wut steigt in ihr hoch,
aber ihre Mutter kommt ihr zu Hilfe.

„Jetzt ist Schluss mit den Witzen.
Das fandest du damals auch nicht schön."
Rosi verzieht das Gesicht,
aber sie hält den Mund.

Annes Mutter denkt nach.
„Wir gehen heute Abend alle gemeinsam",
schlägt sie vor.
„Ich möchte nicht, dass Anne allein geht.
Papa ist in den nächsten Tagen nicht zu Hause,
der kann also nicht mit."
Annes Vater reist als Vertreter
durchs ganze Land
und verkauft alles, was Betriebe brauchen.
Dabei bleibt er manchmal
eine ganze Woche weg.

Rosi hat wenig Lust, zum Konzert zu gehen,
aber sie will auch nicht allein zu Hause bleiben.

Eine halbe Stunde später sitzen sie beim Essen.
Anne schaut ständig auf die Uhr.
Um acht fängt das Konzert an.
Wäre es doch nur schon acht Uhr …

3 Das Konzert

„Da sitzt er!“, ruft Anne.
Sie zeigt auf einen kräftigen Jungen
mit schwarzen Haaren.
Er stimmt gerade seine Bassgitarre
und ist völlig darin vertieft.
Hin und wieder ruft er einem Mann etwas zu,
der die Musikanlage aussteuert.
Über der Bühne hängen Lampen
in knalligen Farben.
„Ein hübscher Junge“, seufzt Annes Mutter.
„Du hast denselben Geschmack
wie deine Mutter.“
„Papa ist doch blond?“, sagt Rosi.
„Das hat nichts damit zu tun“, sagt ihre Mutter.
„Papa ist lieb,
aber Männer mit schwarzen Haaren
sehen gut aus.

Es ist schade, dass Papa blond ist,
aber schlimm ist es nicht."
„Denkst du immer noch an den Jungen
mit der Jacke?", fragt Anne.
Ihre Mutter lacht.
„Seitdem hatte ich noch
ein paar andere Freunde.
Und manchmal waren sie schwarzhaarig.
Bis dein Vater kam."
Anne hört nicht mehr richtig zu.
Sie schaut immer nur zu Benjamin-Kiddo.
Sie hofft, dass er ihren Blick erwidert,
aber das tut er nicht.
Er ist viel zu beschäftigt.
Es sind noch fünf Minuten,
bis sie anfangen,
aber man hat den Eindruck,
es müsste noch allerhand geregelt werden.
Ab und zu kommen die anderen Jungen
auf die Bühne.
Das sind Benjamins Brüder.
Einmal sieht Anne auch die Schwester.
Sie späht seitlich von der Bühne in den Saal.

Wahrscheinlich will sie wissen,
wie viele Leute da sind.
„Es ist ausverkauft, Mama“, sagt Anne.
„Das glaube ich gern. Es ist proppenvoll.
Die Band muss doch ziemlich bekannt sein.
Es gibt sogar Mädchen mit T-Shirts,
auf denen die Namen der Bandmitglieder stehen.
Schau nur.“
Annes Mutter zeigt auf ein etwa
16-jähriges Mädchen.
Auf ihrem T-Shirt ist ein Foto zu sehen.
In großen Buchstaben
steht der Name der Band darauf.
Und in kleineren Buchstaben
die Namen der Bandmitglieder.
Anne sieht, dass da nicht Benjamin steht,
sondern Kiddo.
Sie findet das kindisch.
Früher war das vielleicht okay.
Damals war Benjamin noch ein Kind,
aber jetzt …
Sie schaut noch einmal zu ihm.
Er ist jetzt dreizehn,

da ist man doch kein Kind mehr, oder?
„Mama, hältst du ihn noch für ein Kind?“,
fragt sie.
Ihre Mutter sieht sie lächelnd an.
„Warum willst du das wissen?“
Anne guckt überrascht.
Ja, warum eigentlich?
Weil man sich in ein Kind nicht verlieben kann?
Sie hält jetzt besser den Mund,
sonst sagt sie vielleicht noch mehr
„sonderbare“ Dinge.

Plötzlich gehen die Lichter aus
und die Jungen kommen auf die Bühne.
Alle tragen Jeans und karierte Hemden.
Sie beginnen mit dem ersten Stück.
Ihre Schwester Dani
kommt einen Moment später.
Sie geht langsam und beginnt zu singen.
Anne findet die Musik wunderschön.
Sie hat noch nie so etwas Schönes gehört.

Zu Hause hat sie die Musik
schon oft im Radio gehört,
aber hier ist das doch etwas ganz anderes.
Es ist viel echter.
Man sitzt mitten in der Musik.
Und doch hört sie gar nicht so genau zu.
Sie hat nur Augen für Benjamin.
Die Bassgitarre scheint noch etwas zu groß
für ihn zu sein,
aber er spielt sie mit Leichtigkeit,
zumindest sieht es so aus.
Er läuft auf der Bühne hin und her
und albert mit dem Schlagzeuger herum.
Manchmal wirft er einen Blick in den Saal.
Dann wird Anne feuerrot.
Wenn er doch nur zu ihr hinsehen würde!
Aber das tut er nicht.

Nach einer Stunde ist Pause.
Zu dritt gehen sie etwas trinken.
Anne ist still.

Rosi versucht, sie aufzuziehen,
aber ihre Mutter stellt sich
zwischen die beiden.
„Lass sie in Ruhe.
Wenn es unbedingt sein muss,
ärgere lieber mich."
Aber das will Rosi nicht.
Nach der Pause füllt sich der Saal wieder.
Anne rutscht auf ihrem Stuhl herum.
Benjamin wird ja doch nicht schauen.
Allmählich breitet sich Enttäuschung
in ihr aus.
Aber plötzlich sieht er zu ihr hin.
Sie platzt beinahe vor Aufregung.
Bestimmt vier Sekunden lang
schaut er sie an.
Dann zieht er seine Augenbrauen
hoch und lacht.
Er lacht ihr zu! Ihr!
Sie schlägt die Augen nieder.
Als sie wieder aufschaut,
läuft er gerade über die
Bühne.

Angespannt beobachtet sie ihn weiter.
Und wirklich,
ab und zu schaut er in ihre Richtung.
Sie versucht, sein Lachen zu erwidern,
aber ihr Mund ist wie zugeklebt.
Ihr ganzes Gesicht
scheint versteinert.
Ihre Mutter schubst sie an.
„Er schaut nach dir, Mensch!
Spannend, was!“
Aber Anne sagt nichts.
Sie ist ganz versunken.
Sie sieht nur noch Benjamin.
Der zweite Teil des Konzerts
geht völlig an ihr vorbei.
Sie merkt nicht einmal,
dass ihre Mutter einen Arm
um ihre Schultern legt.

Dann ist das Konzert vorbei.
Die Bandmitglieder verbeugen sich tief.

Das Publikum ruft, pfeift und klatscht.
Die Leute möchten noch mehr hören.
Anne erwacht aus ihrem Traum
und bemerkt, dass Benjamin die Bühne verlässt.
Wie eine Irre beginnt sie zu klatschen
und wild auf den Boden zu stampfen.
Wie die anderen Zuschauer ruft sie
nach der Band.
Und tatsächlich,
die Jungen kommen zurück.
Sie fangen wieder an zu spielen.
Die Schwester kommt hinzu
und sie spielen noch eine Nummer.
Danach kommen sie nicht wieder.
Anne bleibt benommen sitzen.
„Komm“, sagt ihre Mutter,
„wir müssen allmählich nach Hause,
oder willst du noch hinter die Bühne
zu seiner Garderobe?“
Sie fragt es mit einem Lachen.

Sie meint es gar nicht ernst,
aber Anne wird wieder puterrot.
„Geht das denn?“, will sie begeistert wissen.

Rosi steht gelangweilt dabei.

„Gehen wir endlich nach Hause?“, nörgelt sie.

„Ich will noch fernsehen.“

Aber Anne ist völlig aus dem Häuschen.

Sie muss herausfinden, wo die Garderoben sind.

4 Zur Garderobe

„Kommst du mit, Mama?
Hilfst du suchen? Bitte! Ja?“
Ihre Mutter lacht
und macht sich mit ihr auf die Suche
nach der Garderobe.
Rosi läuft widerwillig mit.
Sie darf nicht allein nach Hause gehen,
weil das viel zu weit ist.
Außerdem sind sie ja mit dem Auto gekommen.
Sie fragen einen Mann im Overall
nach der Garderobe.
Er zeigt hinter die Bühne.
„Ich würde mal nicht damit rechnen,
dass Sie die Musiker sehen werden.
Meistens lassen sie niemanden hinein.“
Schnell gehen sie weiter.
Am Anfang eines Gangs

steht eine Gruppe Mädchen. Sie sind etwa sechzehn. Sie haben Blumen dabei. Auch einige Jungen stehen dort. Die kommen sicherlich wegen der Schwester. Ein Mann im Anzug hält sie zurück. „Die Simpsons wollen heute Abend niemanden sehen“, sagt er. „Aber ich habe Blumen für sie!“, ruft ein Mädchen. Der Mann lacht. „Die bekommen jeden Abend so viele, dass sie schon einen Blumenladen eröffnen könnten. Ho, ho, was soll denn das?!“ Ein freches Mädchen will einfach vorbeilaufen. Sie tut so, als würde sie den Mann

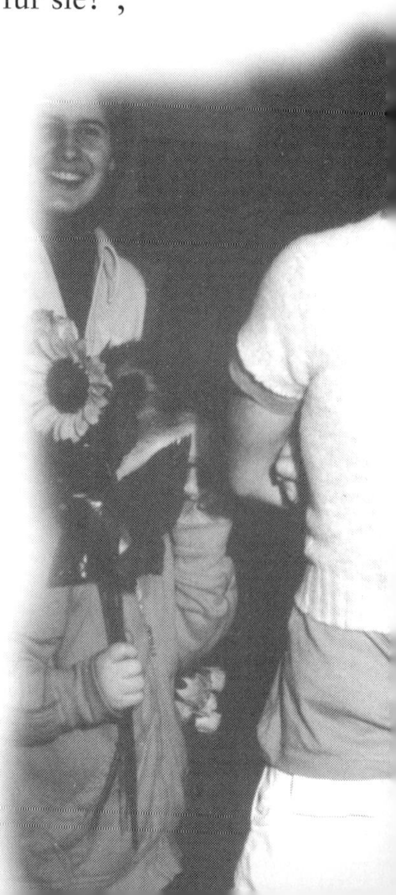

nicht sehen,
aber er hält sie zurück.
Niemand kommt durch.
Anne sieht auf einmal,
dass Benjamin aus der Garderobe herausschaut.
Er sieht sie und lacht.
„Hat es dir gefallen?“, ruft er ihr zu.
Sie nickt,
denn sie fand alles wahnsinnig schön.
Er winkt sie zu sich.
Mit knallrotem Kopf geht sie auf ihn zu.
Der Mann lässt sie durch.
Alle anderen wartenden Mädchen und Jungen
schauen ihr enttäuscht nach.
Warum darf sie durch?
Annes Mutter wartet.
Benjamin gibt Anne die Hand.
„Ich bin Benjamin“, sagt er freundlich.
„Ich weiß. Ich heiße Anne.“
Ihr fällt nichts ein,
was sie sonst noch sagen könnte,
ihm aber auch nicht.
Sie schauen sich nur an.

Ihre Augen scheinen größer zu werden,
so groß wie Seen, so groß wie das Meer.
Sie schwimmen in den Augen des anderen.
Sie sehen nichts mehr außer ihren Augen.
Es ist bezaubernd.
Dann schubst jemand Anne.
Es ist Benjamins Bruder, Eiko.
Er schaut kurz in den Gang
zu den wartenden Mädchen.
Danach geht er wieder in die Garderobe.
Der Zauber ist verflogen.
Unbeholfen fragt Benjamin,
wo sie wohnt.
Genauso ungeschickt gibt Anne Antwort.
Er fragt, ob sie CDs von der Band hat.
Anne verneint und Benjamin verschwindet
kurz in der Garderobe.
Anne geht mit.
Benjamin gibt ihr eine CD.
„Hier, die schenke ich dir", sagt er.

Anne ist freudig überrascht.
Sie bedankt sich herzlich bei Benjamin.
„Morgen spielen wir noch einmal hier.

Kommst du dann wieder?“,
will Benjamin wissen.
„Natürlich!“, sagt Anne.
Sie weiß nicht,
ob ihre Mutter das gut finden wird,
aber selbst, wenn sie darum betteln muss …
sie wird kommen.
„Ich muss mich jetzt umziehen“, sagt Benjamin.
„Wir wollen gleich etwas essen gehen.“
„Hast du denn noch nichts gegessen?“,
fragt Anne erstaunt.
„Es ist schon zehn Uhr.“
„Wir essen nie vor einem Auftritt.

Manchmal ein Brot, aber kein warmes Essen.
Sonst kann man nicht so gut spielen.
Nach einer warmen Mahlzeit
ist man voll gestopft
und dann wird man so müde.
Versuch mal, mit vollem Magen zu singen.
Das ist übrigens auch gar nicht gesund."
Ja, das stimmt,
Anne hat nur noch nie
darüber nachgedacht.
„Also dann bis morgen", sagt sie.
Benjamin gibt ihr wieder die Hand.
Er hält sie länger fest als beim ersten Mal.
Anne spürt, dass sie rot wird.
Schüchtern zieht sie die Hand zurück.
„Tschüss, und guten Appetit", sagt sie noch.
Dann dreht sie sich um.
Am anderen Ende des Gangs steht ihre Mutter.
Rosi steht neben ihr. Sie langweilt sich zu Tode.
„Gehen wir endlich
oder wollen wir hier übernachten?",
fragt sie.
Anne macht sich nichts aus dem, was Rosi sagt.

Stolz zeigt sie ihrer Mutter die CD.
„Bitte, Mama, darf ich morgen
noch einmal hierher?“,
bettelt sie.
Ihre Mutter spitzt die Lippen
und Anne hält den Atem an.
Vielleicht darf sie nicht, und was dann?

5 Was für ein Lärm!

„Nun ja, noch einmal drei Konzertkarten,
das geht ziemlich ins Geld“,
antwortet Annes Mutter.
„Und allein lass ich dich
nicht gehen.
Aber was ist das hier?“
Annes Mutter greift nach der CD.
Aus der Hülle ragen zwei Karten.
Es sind zwei Freikarten
für das morgige Konzert.

„Na, dann werden wir
wohl gehen müssen,
was?
So ein Angebot können wir
nicht ausschlagen.“
„Ich würde sie
auf dem Schwarzmarkt

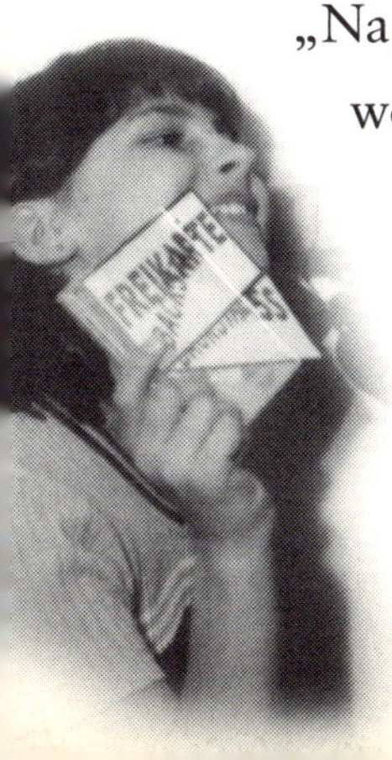

für viel Geld verkaufen“,
schlägt Rosi vor,
„dann könnte man das Geld
für etwas Schönes ausgeben.“
Anne sieht ihre Schwester so scharf an,
dass sie schweigt.

Zu Hause legt Anne sofort die CD
der Simpsons ein.
Sie dreht den Lautstärkeregler weit nach rechts.
In wahnsinniger Lautstärke
schallt einen Moment später
der erste Song durch den Raum.
„He“, schreit ihre Mutter von oben,
„geht das nicht etwas leiser?“
„Nein“, brüllt Anne, „das geht nicht leiser.“
Rosi liegt zusammengerollt auf dem Sofa.
Ihre Mutter kommt herunter,
geht zum Verstärker
und dreht den Knopf wieder nach links.
„So, und jetzt nicht mehr lauter drehen, klar?“

Sie versucht zu lächeln,
aber es ist deutlich,
dass sie es leid ist.
Sie verlässt das Zimmer.
Anne rennt lachend wieder
zum Verstärker.
Sie dreht den Regler wieder
nach rechts.
Ihre Mutter kommt zurück.
Jetzt ist sie wirklich böse.
„Nun ist es genug!
Schön, dass dir die Musik
so gut gefällt,
aber so laut muss das doch nicht sein?!
Wenn du sie laut hören willst,
geh einfach nach oben.
Du kannst die CD ja auf deiner eigenen Anlage
mit Kopfhörer anhören."
Genervt stellt sie die Musik ab
und nimmt die CD aus dem Apparat.
Sie reicht sie Anne.
Die guckt genauso böse wie ihre Mutter.
„Das ist meine CD.

Ich habe sie von Benjamin bekommen
und ich darf sie abspielen.
Gib her!“
Anne reißt ihrer Mutter die CD aus der Hand
und rennt damit aus dem Wohnzimmer
nach oben.
Kurz darauf ist das erste Stück
wieder entsetzlich laut zu hören.
„Die ist wirklich völlig durchgeknallt“,
sagt Rosi.
Ihre Mutter seufzt.
„Sei du lieber still,
das wäre im Moment das Beste.
Ich werde jetzt hochgehen,
denn das wird mir doch zu bunt.“
„Das sage ich doch!“, sagt Rosi.
Ihre Mutter wirft ihr einen grimmigen Blick zu.
Rosi zuckt mit den Schultern
und greift nach einer Zeitschrift.
Ihre Mutter runzelt die Stirn
und geht nach oben.
Die Musik ist immer noch schrecklich laut.
Anne sitzt auf dem Bett,

als ihre Mutter hereinkommt.
Sie hat die CD-Hülle in der Hand
und betrachtet Benjamins Foto.
Ihre Mutter beobachtet Anne eine Zeit lang.
Anne sieht nicht auf.
Ihre Mutter seufzt
und macht den CD-Player aus.
„Es tut mir Leid, Anne.
Ich will nicht eklig sein,
aber das geht mir zu weit.
Du machst mich total verrückt.
Warum kannst du diese Musik
nicht leiser anhören?“
Anne sieht immer noch nicht hoch.
Große Tränen laufen ihr über die Wangen.
Ihre Mutter setzt sich neben sie,
aber Anne rückt zur Seite.
„Geh weg!“, sagt sie
mit tränenerstickter Stimme.
Als ihre Mutter sitzen bleibt,
wird Anne furchtbar böse.
„Geh weg!“, schreit sie. „Das ist mein Zimmer,
das ist meine CD, das ist meine Musik.

In meinem Zimmer darf ich tun und lassen,
was ich will. Geh weg, geh weg, geh …"
Sie bricht in ohrenbetäubendes Geheule aus.
Aber ihre Mutter geht nicht weg.
Sie wartet, bis der Weinkrampf ein bisschen
nachlässt.
„Geh weg!", flüstert Anne
noch unter Schluchzern.
„Jetzt hörst du mir einmal gut zu,
mein Mädchen",
sagt ihre Mutter.
„Du darfst in deinem Zimmer machen,
was du willst,
solange du andere nicht störst."
Annes Mutter steht auf. „Schlaf jetzt.
Es ist schon fast elf Uhr.
Das ist viel zu spät für dich
und morgen wird es wieder so spät werden.
Außerdem musst du morgen noch
Hausaufgaben machen.

Ich glaube, die CD nehme ich besser mit.
Oder versprichst du,
dass du sie nicht mehr so laut abspielst?"

Anne antwortet nicht.
Sie sitzt auf dem Bett und starrt ins Leere.
„Ich vertraue dir also“, sagt ihre Mutter.
Anne rührt sich nicht.
Ihre Mutter verlässt das Zimmer.
Anne ist ganz in Gedanken.
Sie zieht sich aus und geht ins Bett.
Sie vergisst völlig, sich zu waschen,
auch Zähneputzen ist nicht drin.
Die CD-Hülle von der Band nimmt sie mit.
Sie betrachtet das Foto.
„Geh weg!“, flüstert sie. „Das ist mein Zimmer,
das ist meine CD, das ist meine Musik,
das ist mein Benjamin …
In meinem Zimmer darf ich tun und lassen,
was ich will. Geh weg, geh weg, geh …“
Sie sinkt in einen traumlosen Schlaf.
Mit einer Gewitterwolke
voller düsterer Gedanken im Kopf.
Keiner liebt sie, keiner versteht sie,
keiner … nur Benjamin.

Beim Frühstück sind alle drei stiller als sonst.
Sie haben den vorangegangenen Abend
noch nicht vergessen.
Anne hat gerötete Augen.
Sogar Rosi vergisst zu nerven.
Ihre Mutter kaut geistesabwesend
auf einer trockenen Brotkruste.
Es ist Samstag.
Normalerweise frühstücken sie samstags
gemütlich.
Dann wird gezwitschert und geschnattert,
als wären sie auf dem Vogelmarkt.
„Angenehme Gesellschaft heute!“,
bemerkt Rosi.
Sie steht vom Tisch auf
und läuft in den Flur.
„Wohin gehst du?“, fragt ihre Mutter.
„Irgendwohin, wo es gemütlich ist,
zu Tamara oder so.“
Tamara ist eine gute Freundin von Rosi.
Rosi knallt die Tür hinter sich zu.
Anne und ihre Mutter bleiben schweigend
am Tisch sitzen.

Anne isst fast nichts.
Sie knabbert ein wenig
an ihrem Marmeladenbrot herum.
„Geht es ein bisschen besser?“,
fragt ihre Mutter vorsichtig.
„Nein“, sagt Anne bestimmt.
Dann steht auch sie auf
und verzieht sich nach oben.
Kurz darauf ist wieder die CD der Simpsons
zu hören.
Diesmal nicht ganz so laut.

6 Gekreische

An diesem Abend ist das Konzert
noch einmal ausverkauft.
Anne ist wieder mit ihrer Mutter
und ihrer Schwester da.
Rosi wollte doch mit,
denn die Musik hatte ihr am Abend zuvor
gut gefallen.
Ihre Mutter hatte also zu den beiden Freikarten
eine zusätzliche Karte gekauft.
Anne sitzt dicht an der Bühne.
Sie hat den ganzen Tag kaum etwas gesagt.
Auch auf dem Weg zum Theater war sie still.
Selbst Rosi gab sich Mühe, Anne aufzumuntern,
als würde sie spüren, dass es nicht nett wäre,
sie jetzt zu necken.
Benjamin ist bereits auf der Bühne beschäftigt.
Er sieht Anne und kommt zu ihr.

„Schön, dass du da bist“, sagt er.
Anne strahlt übers ganze Gesicht.
Sie beugt sich vor. So ist sie Benjamin näher.
Außerdem sollen sie die anderen nicht hören.
„Hast du schon in die CD reingehört?“,
fragt Benjamin. Anne wird rot.
Im schwachen Licht fällt das zum Glück
nicht sehr auf. Sie nickt heftig.
„Wunderschön“, sagt sie,
„ich habe sie die ganze Nacht angehört.“
Benjamin und Anne trauen sich kaum,
einander in die Augen zu sehen.
Gestern war es auch schon so gewesen.
Es ist etwas Besonderes zwischen ihnen.
Aber dann schauen sie doch.
Und es passiert wieder.
Sie sagen nichts mehr und starren bloß noch.
Anne wird es innen ganz warm.
Langsam nähern sich ihre Gesichter
und als sie sich fast berühren …

„Heh, Kiddo, es gibt noch was zu tun.
Überlass die Mädchen lieber uns.
Dafür bist du noch viel zu jung

und das Mädchen da auch.
Wie alt ist sie? Drei?“
Lachend und witzelnd
läuft Benjamins Bruder Eiko weg.
Wieder ist der Zauber gebrochen.
„Nun“, meint Benjamin mit rotem Kopf,
„dann mache ich mich mal wieder an die Arbeit.
Kommst du anschließend noch zur Garderobe?“
Anne nickt. Benjamin richtet sich auf.
„Bis dann.“
Sie wechseln noch einen Blick,
dann läuft Benjamin davon.
Anne sieht ihm nach,
bis er hinter dem Schlagzeug verschwunden ist.
Dann wendet sie sich wieder ihrer Mutter
und Rosi zu.
Die haben nichts von dem Gespräch gehört.
„Und, schön verknallt?“,
zieht Rosi sie auf.
„Ach, halt den Mund“, sagt Anne.
Sie kann es kaum erwarten,
dass das Konzert endlich beginnt.
Ihre Mutter stupst sie an.

„Wo bist du mit deinen Gedanken?“,
fragt sie freundlich.
Anne antwortet nicht,
zuckt nur mit den Schultern.
„Mach es dir nicht zu schwer, Kind.
Das ist weder für dich angenehm
noch für deine Umgebung.“
Anne zuckt wieder mit den Schultern.
Ihre Mutter ist verärgert
und will energisch auf Anne einreden.
Aber da beginnt das Konzert.
Annes Mutter schluckt ihre bösen Worte runter.
Sie betrachtet Anne mit gerunzelter Stirn,
aber Anne achtet nur noch auf die Musik.
Sie folgt Benjamins Bewegungen mit den Augen.
Benjamin bewegt sich von allen am meisten.
Seine Schwester Dani singt wunderschön,
aber sie bleibt die ganze Zeit
am Mikrofon stehen.
Seine Brüder spielen hervorragend,
aber sie stehen fast die ganze Zeit still.
Benjamin flitzt mit seiner Bassgitarre
auf der Bühne hin und her.

Er lacht seinen Brüdern zu.
Er kniet sich vor seine Schwester
und schaut zu ihr hoch.
Sie streichelt ihm durch die Haare.
Er springt auf und rennt wieder los.
Er läuft zu den Lautsprechern
und lehnt sich dagegen.
Benjamin ist anscheinend nicht müde zu kriegen.
Nach jedem Stück kreischt Anne
wie die anderen Zuschauer.
Ein paar Mädchen rufen die Namen der Jungen.
Nach kurzer Zeit macht Anne mit.
„Benjamin, Benjamin, Benjamin, Benjamin!!"

Sie geht im Konzert völlig auf.
Sie ist aufgestanden, ohne es zu merken.
Sie klatscht in die Hände.
Sie singt bei den meisten Stücken mit.
Viele Lieder kennt sie schon von der CD.
Ab und zu kommt Benjamin ganz nach vorne.
Dann schaut er in den Saal.
Dort ist es pechschwarz,
aber die ersten Reihen kann er gut sehen.
Und dort sitzt Anne.
Benjamin schaut zu ihr hin und lacht.
Sie lacht zurück.
Sie war noch nie so glücklich.
Die Pause kommt viel zu schnell.
Die Bandmitglieder winken dem Publikum zu
und gehen in ihre Garderoben.
Anne lässt sich auf ihren Platz zurückfallen.
Ihr ist heiß und sie ist ganz verschwitzt.
Sie sieht nicht zu Rosi und ihrer Mutter.
Ihre Gedanken sind nur bei Benjamin.

7 Fans bei der Garderobe

„Kommst du mit? Etwas trinken?“, fragt Rosi.
„Oder willst du hier Wurzeln schlagen?“
Anne reagiert nicht.
Rosi beugt sich über ihre Mutter
und stupst Anne.
„Heh, Träumerin! Aufwachen! Juhu,
wach auf!“
Anne wendet sich geistesabwesend zu Rosi.
Dann lächelt sie vergnügt.
„Ja, bring mir einen Saft mit“, sagt sie.
„Aber sonst geht es dir gut?“, faucht Rosi.
„Komm gefälligst mit.
Ich bin doch nicht deine Sklavin.“
Alle drei stehen auf und gehen ins Foyer.
In sich versunken trinkt Anne ihren Saft.
Rosi plappert mit ihrer Mutter.
Plötzlich stößt Rosi einen Schrei aus.

„Heh, dort hinten steht Tamara.
Ich wusste gar nicht,
dass sie auch kommen würde.
Davon hat sie kein Wort gesagt.
Ich bin weg. Bis gleich.“
Rosi lässt Mutter und Schwester stehen.
Im Zickzack rennt sie zwischen den Leuten
zu Tamara.
Die sieht genauso freudig überrascht aus.
Auf einmal läuft auch Anne davon.
„Wo willst du hin?“, will ihre Mutter wissen.
„Zur Toilette“, sagt Anne, „bin gleich zurück.“
„Beeil dich, das Konzert geht
in fünf Minuten weiter.“
Anne nickt. Das weiß sie nur zu gut.
Schnell läuft Anne in Richtung Garderoben.
Genau wie am Abend zuvor
steht hinter der Bühne der Mann,
der die Fans zurückhält.
Niemand kommt durch.

Plötzlich rennt das freche Mädchen,
das gestern auch da war, an ihm vorbei.
Er kriegt sie nicht mehr zu fassen

und muss hinter ihr herlaufen.
Das Mädchen rennt zu den Garderoben
und reißt die Tür auf.
„Eiko, ich liebe dich!“, kreischt sie.
Der Mann packt sie schnell von hinten
und zerrt sie von der Tür weg.
Er ist sauer.
Das Mädchen kreischt und schreit weiter.
Sie tritt den Mann, wo sie nur kann,
aber er ist zu stark für sie.
Dann beginnt sie, ihn zu beschimpfen.
„Lass mich los, Mistkerl!
Ich muss zu Eiko! Eikooo, hilf mir!“
Sie kämpft, um sich zu befreien.
Der Mann bringt sie zum Ausgang.
Sie darf nicht mehr hinein.
Die anderen Mädchen sind brav stehen
geblieben. Auch Anne.
Als der Mann zurückkommt,
lacht er schon wieder.
„Die versuchen aber auch alles!“, sagt er.
„An eurer Stelle würde ich zu den Plätzen
zurückgehen. Gleich geht es weiter.“

Anne hat Benjamin nicht sehen können.
Sie findet es schade, aber sie versteht gut,
dass die Band ein bisschen ausruhen muss.
Schnell geht sie zurück.
Sie läuft nicht ins Foyer,
sondern geht gleich zu ihrem Platz.
Ihre Mutter und Rosi sitzen schon dort.
Die Band betritt wieder die Bühne.
Anne klatscht in die Hände,
bis sie rot sind.
Die Band spielt weitere Stücke von der CD.
Anne singt wieder mit.
Wenn sie den Text nicht kennt,
singt sie einfach „lalala“.
Benjamin läuft wieder
ein paarmal in ihre Richtung.
Wenn sie einander ansehen,
springt der Funke sofort über.
Anne findet, dass Benjamin besser spielt
als auf der CD.

Das Konzert ist im Handumdrehen vorbei.
Die Band muss noch einmal zurückkommen.
Dann ist es zu Ende.

Annes Mutter steht sofort auf.
„So, und jetzt ab nach Hause. Es reicht."
Anne murrt zwar, aber es ist zwecklos.
Im Foyer trifft Rosi ihre Freundin wieder.
„Ich muss noch schnell zur Toilette",
sagt ihre Mutter
und schaut ihre beiden Töchter streng an.
„Und wehe euch, wenn ihr weggeht!"
Anne zuckt mit den Schultern
und Rosi lacht nur ein bisschen.

8 Anne läuft weg

Anne stellt sich zu Rosi und Tamara.
„Ich bin mit dem Bus hier.
Begleitest du mich zur Haltestelle?“,
fragt Tamara Rosi.
„Gern“, sagt Rosi.
„Mama wird sich denken können,
dass wir schon vor die Tür gegangen sind.“
Sie gehen Richtung Ausgang.
Anne läuft ein Stück mit,
aber sie schaut mürrisch.
Was soll sie tun?
Sie hat Benjamin versprochen,
zur Garderobe zu kommen,
aber ihre Mutter will nach Hause.
In ihr streiten zwei Gefühle.
Dann trifft sie rasch
eine Entscheidung.

Tamara und Rosi plaudern eifrig
und achten nicht auf Anne.
Die dreht sich um und rennt
zu den Garderoben.
Wie immer steht eine Gruppe Mädchen da
und natürlich dürfen sie nicht vorbei.
„Ich darf“, sagt Anne keuchend.
„Benjamin hat mich gebeten zu kommen.“
Sie schaut den Mann fast flehend an.
Er glaubt ihr nicht, aber zum Glück
kommt Benjamin gerade aus der Garderobe.
Er sieht Anne dort stehen.
„Lass sie ruhig durch“, sagt er zu dem Mann.
Der macht einen Schritt zur Seite
und Anne spürt wieder
die eifersüchtigen Blicke der anderen,
aber das ist ihr egal.
„Wie fandest du es?“, fragt Benjamin.
„Absolut irre!“, sagt Anne.
Sie reden über Musik
und über Reisen quer durchs Land.
Sie plaudern über Hausaufgaben
und über die neusten Trends.

Sie ziehen über langweilige Mütter
und grobe Väter her.
Sie quatschen über lästige Schwestern
und nervige Brüder …
Sie finden kein Ende.
Anne vergisst alles um sich herum.
Dann kommen die anderen
aus ihren Garderoben.
Eiko gibt Benjamin einen Schubs.
„Verliebt, Kiddo? Pass nur auf.
Frauen sind unzuverlässig.
Obwohl, Frauen …
bei so einem jungen Mädchen
ist es vielleicht anders.
Die ist noch unverdorben.“
Die anderen lachen.
Benjamin und Anne nicht.
Benjamins Schwester Dani lächelt und sagt:
„Hör nicht auf ihn.
In ein paar Jahren stellst du ihn in den Schatten.
Er weiß ja nicht einmal,
wie man mit Mädchen umgehen muss.
Seine Freundinnen laufen ihm alle davon

und dreimal darfst du raten,
wer daran Schuld ist …“
Die anderen lachen wieder.
Eiko murmelt etwas
und lacht ein wenig gequält mit.
Dani wendet sich an Anne.
„Hast du Lust, mit uns essen zu gehen?“,
fragt sie.
„Wir laden öfter Leute ein.
Oder wartet jemand auf dich?“
Anne wird es von innen ganz warm.
Sie spürt, wie ihr Kopf glüht.
Wie ein altmodischer Kohleofen.
„Nein. Meine Mutter und meine Schwester
sind schon nach Hause. Ich nehme den Bus.“
Es ist dämmrig im Gang
und das ist gut so.
Im Lügen ist sie noch nie gut gewesen.
Sie bekommt immer sofort einen roten Kopf.
Die anderen bemerken es nicht.

Sie gehen den Gang entlang
durch den Bühneneingang,
auf die kleine Seitenstraße.

Sie müssen nur ein kurzes Stück laufen.
Dann sind sie bei einem netten Restaurant.
Sie gehen hinein.

9 Im Restaurant

Anne hat ihre Mutter und Rosi
schnell vergessen.
Sie setzt sich Benjamin gegenüber.
Alle bestellen.
Anne nimmt nur ganz wenig.
Sie hat ja schon gegessen.
Anne fühlt sich, als würde sie dazugehören.
Die anderen stellen ihr Fragen
und Benjamins Schwester sitzt neben ihr.
Die erzählt, dass es auf der Bühne
wegen der Beleuchtung so heiß ist.
Dann plaudern sie über Make-up und Kleider.
Dani hat die vielen Jungs manchmal satt.
„Ich hätte gerne eine Schwester gehabt“,
sagt sie.
„Dann wäre es ausgeglichener in der Band.
Jetzt bin ich eine Art Mutter für alle

und das passt mir überhaupt nicht.
Und mit Mädchen kann man doch
über ganz andere Sachen reden.
Nicht immer, klar.
Aber die Jungs
interessieren sich nicht für Mode.
Benjamin schon ein bisschen,
aber der ist ja noch zu jung."
Sie lächelt Anne einen Moment lang an.
„Das meine ich nicht böse,
aber er ist eben der Jüngste ...
Da muss er einiges aushalten."
So schwatzen sie während des Essens.
Benjamin und Anne schauen sich oft an
und müssen dann immer lachen.
Wenn sie einander in die Augen sehen ...
gibt es gleich ein Feuerwerk.
Benjamins Schwester sieht es.
„Ihr seid ja ganz schön verknallt",
sagt sie plötzlich.

Benjamin und Anne bekommen beide
einen roten Kopf.
Dani schaut die beiden an und lacht.

„Ich verrate den anderen nichts,
obwohl es ziemlich offensichtlich ist.
Vielleicht haben die es auch schon gemerkt.
Und wie stellt ihr euch das vor,
wenn ihr jetzt miteinander geht?"
„Du kommst mir vor wie meine Mutter!",
platzt Anne heraus.
Dani lacht fröhlich: „Ich sagte doch,
dass ich eine Art Mutter für die Jungs bin.
Na bitte, da hast du den Beweis.
Ich bin ja schon still."
„Hast du einen Freund?", fragt Anne.
„Klar. Schon sehr lange, schon fast fünf Jahre."
Sie holt eine kleine Tasche hervor.
In der Tasche ist ein Mäppchen,
in dem ein Foto steckt.
„Schau, das ist Wim.
Ein ganz gewöhnlicher Junge, außer für mich."
Ein gut aussehender Junge lächelt Anne
vom Foto entgegen.
„Er sieht nett aus", sagt Anne.
„Ganz meine Meinung!
Wir sehen uns nicht so oft.

Allerdings telefonieren wir viel.
Eigentlich täglich.“
Dani kichert.
„Manchmal telefonieren wir ein paar Stunden.“
Benjamin lacht.
„Darum siehst du morgens immer so müde aus.
Jetzt ist mir alles klar.
Du telefonierst die ganze Nacht“,
spottet Benjamin laut.
Das hat jeder am Tisch gehört.
Alle kriegen einen Lachkrampf.
Auch Benjamins Schwester.
Die kann einen Scherz vertragen.
Sie ist an den Umgangston der Jungen gewöhnt.
Sie kennt es gar nicht anders.
Anne fühlt sich pudelwohl
und hat ihre Mutter ganz vergessen.
Plötzlich klopft es an der Scheibe.
Anne und Benjamin schauen hinaus.
Dort stehen Rosi und Tamara.
 Die beiden Freundinnen kommen herein.
„Was machst du denn hier?“, fragt Rosi.
„Das könnte ich dich auch fragen“, sagt Anne.

Die beiden Schwestern wechseln
einen kurzen Blick.
Sie denken dasselbe.
Das wird ihrer Mutter nicht gefallen.
„War der Bus schon weg?“, fragt Anne.
Tamara nickt und lacht auf einmal.
„Ich war nicht rechtzeitig an der Haltestelle.
Wir haben in einer Kneipe um die Ecke
noch einen Saft getrunken.“
Rosi lacht ebenfalls.
Die beiden Mädchen setzen sich dazu
und wieder vergessen sie ihre Mutter.
Es ist eine so andere Welt.
Tamara und Rosi reden gleich mit.
Die Jungen erzählen prahlend
von erfolgreichen Konzerten.
Dani redet mit Rosi und Tamara über
Make-up, Mode und Jungen.
Benjamin und Anne haben jetzt Zeit
füreinander.
Sie tuscheln über alles Mögliche.
„Sollen wir uns schreiben?“,
schlägt Anne vor.

„Ich bin nicht gerade
ein begeisterter Briefeschreiber.
Anrufen geht doch auch, oder?“,
meint Benjamin.
„Natürlich,
aber ich darf doch trotzdem schreiben?
Vielleicht findest du Briefe lesen ja schöner
als Briefe schreiben.“
Benjamin lacht.
„Das finde ich ganz bestimmt schöner“,
antwortet er.
Anne fragt ihn nach seinen Eltern.
Benjamin erzählt lebhaft von ihnen.
„Wir treffen unsere Eltern manchmal
nach den Auftritten.
Am Anfang kamen sie zu jedem Konzert,
aber das machen sie nicht mehr.
Sie arbeiten beide, und wenn sie jeden Abend
quer durchs Land reisen müssten …
Jetzt kommen sie einmal im Monat oder so.

Wir fahren auch oft nach Hause.
Aber wie sind eigentlich deine Eltern?“
Anne denkt auf einmal an ihre Mutter.

Die wird sicher wütend sein.

Anne will etwas sagen, aber dann sieht sie, wie sich die Tür des Restaurants öffnet.

10 Eine wütende Mutter

Ihre Mutter steht in der Türöffnung.
Anne rutscht das Herz in die Hose.
„Da ist sie!“, flüstert sie heiser.
Rosi sieht sie auch und schaut sofort zu Anne.
„Schöne Bescherung!“, sagt Rosi.
Anne nickt.
Dann entdeckt ihre Mutter die beiden.
Es sieht aus,
als würde sie gleich platzen vor Wut.
Mit großen Schritten nähert sie sich ihnen.
Anne hat sie noch nie so wütend erlebt.
„Seid ihr jetzt völlig verrückt geworden!
Ich bin zu Tode erschrocken. Verflixte Gören!
Kann ich euch denn gar nicht mehr vertrauen?
Ihr solltet warten! Und was macht ihr?
Geht mit der Band weg.
Ich bin stinksauer!

Ihr kommt sofort mit,
und zwar ein bisschen fix!
Seid ihr denn völlig ...
Und Popkonzerte könnt ihr
in Zukunft vergessen."
Die Mutter packt Anne im
Nacken und will sie hoch-
ziehen.
Anne quiekt wie ein Ferkel.
Dann steht Eiko auf.
Er geht auf Annes Mutter zu
und mit einer schnellen Bewegung
befreit er Anne.
Er stellt sich zwischen sie und ihre Mutter
und schaut sehr ernst.
„Nur die Ruhe, gute Frau", sagt er.
„Wir wussten nicht,
dass Sie die Mädchen suchen. Anne erzählte,
dass sie den Bus nehmen würde,
und wir laden öfter mal Gäste ein.
Sie brauchen uns also nicht zu beschimpfen."
Aber Annes Mutter hört kaum zu.
„Geh zur Seite", schreit sie Eiko an.

Sie versetzt ihm einen heftigen Stoß.
Eiko verliert das Gleichgewicht
und fällt gegen den Tisch.
Er reißt Gläser und Flaschen mit sich.
Es ist ein Höllenlärm.
Die Mutter versucht, Anne wieder zu packen,
aber die hat sich hinter Benjamins Schwester
verkrochen. In panischer Angst
sieht sie zu ihrer Mutter.
„Mama?“ Rosi spricht ihre Mutter an.

Die dreht sich um.
Rosi sieht ängstlich aus, aber sie bleibt stehen.
„Wir haben uns falsch verhalten.
Entschuldige bitte.
Aber du brauchst nicht gleich so auszurasten.
Wir gehen ja mit nach Hause.
Tamara darf doch mitfahren, oder?
Sie hat den Bus verpasst.“
„Mein liebes Fräulein!“, zischt ihre Mutter.
„Du hast keinen blassen Schimmer davon,
welche Angst ich ausgestanden habe.
Spar dir dein schönes Geschwätz!
Mitkommen, alle beide!“
Aber sie wirkt etwas ruhiger.
Es ist still im Restaurant.
Die Bandmitglieder und andere Gäste
schauen verlegen vor sich hin.
Keiner sagt etwas.
Anne, Rosi und Tamara
gehen mit gesenktem Kopf weg.

Anne wirft Benjamin noch einen Blick zu.
Er winkt und zuckt mit den Schultern.
Anne lächelt mühsam

und reibt ihren schmerzenden Nacken.
Draußen laufen sie im Gänsemarsch
zum Theater.
Rosi den Arm um Anne.
Anne weint leise
und Rosi versucht, sie zu trösten.
Ihre Mutter läuft ein paar Meter vor ihnen.
Das Auto steht beim Theater.
Schweigend öffnet ihre Mutter die Türen.
Schweigend steigen die drei Mädchen ein.
Ihre Mutter schiebt sich hinter das Lenkrad,
aber sie lässt den Motor nicht an.
Verblüfft sehen die drei Mädchen,
dass sie anfängt zu weinen,
geschüttelt von heftigen Stößen.
Ihre Schultern zucken auf und nieder.
Anne will etwas sagen,
aber sie hat einen Kloß im Hals.
Rosi legt eine Hand
auf die Schulter ihrer Mutter.
„Beruhige dich, Mama, es ist ja alles gut."
Aber ihre Mutter schiebt die Hand weg.
„Mistgören!", flüstert sie.

Dann wischt sie ihre Tränen ab.
Sie lässt das Auto an und sie fahren nach Hause.
Auf dem Weg setzen sie Tamara ab.
Als sie zu Hause sind,
sagt ihre Mutter nichts mehr.
Still gehen die Mädchen nach oben und ins Bett.
Es ist wohl besser, jetzt nichts zu sagen.
Viel schlafen können sie nicht.
Was wird ihre Mutter am nächsten Tag machen?

11 Ein Blumenstrauß

Am Morgen liegt ein großer Strauß Blumen
vor der Haustür. Eine Karte steckt darin.
„Liebe Grüße von Benjamin und den anderen“,
steht darauf.
Rosi findet den Strauß,
als sie die Zeitung hereinholt.
Sie geht nach oben und weckt Anne.

Mit roten, verheulten Augen
betrachtet Anne die Karte.
„Das ist lieb“, sagt Rosi.
Sie setzt sich auf die Bettkante.
Das hat sie schon lange nicht mehr gemacht.
„Ich habe überhaupt keine Adresse von ihm“,
jammert Anne.
Sie ist wieder kurz vorm Weinen.
Rosi dreht die Karte um.
„Hier steht sie“, sagt sie.
Freudig überrascht steht Anne auf
und nimmt die Karte aus dem Blumenstrauß.
Schnell stopft sie sie in ihren Nachttisch.
„Ob der Strauß auch für Mama ist?“,
fragt Rosi.
„Es steht nicht darauf, für wen er ist.“
Anne zuckt mit den Schultern.
„Wo ist Mama überhaupt?“, fragt sie dann.
„Das weiß ich nicht“, sagt Rosi.
„Ich habe sie heute noch nicht gesehen.“
Gemeinsam gehen die beiden hinunter,
noch in den Schlafanzügen.
Im Wohnzimmer ist ihre Mutter nicht.

Rosi rennt schnell nach oben.
Nein, im Schlafzimmer ist sie auch nicht.
Für einen Augenblick erschrecken sie beide.
Sie wird doch nicht weggegangen sein?
Aber dann sehen sie sie stehen.
Im Garten. Im Schlafanzug.
Es ist schönes Wetter, aber dennoch …
Sie sieht aus wie ein Denkmal.
In ihrem weißen Schlafanzug steht sie
unter dem blühenden Birnbaum.
Leise gehen Rosi und Anne in den Garten,
bis sie neben ihrer Mutter stehen.
Die schaut sie an.
Sie hat einen traurigen Ausdruck im Gesicht.
Dann lächelt sie.
„Ich habe euch verloren“, sagt sie leise.
„Ich habe euch im Garten gesucht.
Dort habt ihr früher viel gespielt.
Unter diesem Baum.
Ich sah Erinnerungen wie Bilder in einem Film.“
Sie seufzt und betrachtet den Baum.

Ihre Hand berührt ein Blütenblatt.
Rosi und Anne sind still.

Es ist besser, nichts zu sagen.
„So ist das eben“, fährt ihre Mutter fort.
„Ich muss euch loslassen, aber es tut so weh.
Und ich bin ganz allein.
Ich wünschte, Papa wäre hier.“
Sie schweigt wieder.
Eine Amsel ist zu hören.
Ihr schöner Gesang erfüllt die Luft.
„Gestern Abend war ich verrückt vor Sorge“,
erklärt die Mutter.
„Ich wusste nicht mehr, was ich tat.
Ich war so beunruhigt.
Bitte tut so etwas nie wieder! Sagt mir einfach,
dass ihr ohne mich irgendwohin möchtet.
Ich kann das nicht ertragen,
wenn ihr einfach verschwindet.“
Anne und Rosi nicken und senken den Kopf.
Ihre Mutter lässt die Blütenblätter los.
Sie trudeln auf das Gras.
„Kommt“, sagt sie. „Lasst uns hineingehen
und frühstücken.“
Sie legt ihre Arme um Anne und Rosi
und zieht sie an sich.

Die Mädchen drücken ihre Köpfe an ihre Brust.
Gemeinsam bleiben sie eine Weile so stehen.

„Da ist ein Strauß Blumen gekommen“,
sagt Rosi dann.
„Nun, sehen wir uns den doch mal an“,
erwidert ihre Mutter
und hintereinander gehen sie hinein.
Der große Blumenstrauß liegt auf der Anrichte.
Ihre Mutter stellt die Blumen in eine Vase.
Danach frühstücken sie.

„Mama?“, fragt Rosi mit vollem Mund.
„Darf Anne weiter in Benjamin verliebt sein?“
Anne schielt ängstlich zu ihrer Mutter.
Die schaut ernst zurück.
Dann huscht ein Lächeln über ihr Gesicht.
„Kann man das etwa verbieten?“, fragt sie Rosi.
So etwas wie ein Glucksen ist
in ihrer Stimme zu hören.
Vorsichtig lachen die Mädchen.
„Ich war damals in eine Jacke verliebt“,
sagt ihre Mutter.
„Sei du ruhig in den Jungen verliebt.“
Anne steht auf, geht zu ihrer Mutter
und gibt ihr einen dicken Kuss.
Auch Rosi stellt sich neben sie.
„Du hast uns nicht verloren, Mama“,
sagt sie leise. „Du verlierst uns niemals.
Auch wenn Anne noch so verliebt ist.“
Anne schaut auf.
„Du wohl nicht, was?“, ruft sie.
„Ich habe dich sehr wohl mit Tamara
über Jan-Willem tuscheln hören.“
Rosis Gesicht verfärbt sich ganz violett.

Sie sieht Anne an und tut so,
als fände sie das nicht schlimm.
„Na und?“, sagt sie.
Dann brechen die Schwestern in Lachen aus.
„Schwer verknallt?“, fragt Anne.
„Ich glaube schon“, sagt Rosi.

Lies mich ...

Leseprobe aus dem
Ravensburger Taschenbuch 52237
„Und das nennt ihr Mut“
von Inge Meyer-Dietrich

Andis Hände stecken tief
in seinen Jackentaschen.
Der Himmel hängt bis auf die Dächer runter.
Er ist grau von Schneewolken.
Nasse Flocken quellen daraus hervor.
Immer wieder landen einige davon
auf Andis Gesicht.
Er wird im Gedränge der Fußgängerzone
hin und her geschoben.
Aus den Geschäften kommt Weihnachtsmusik.
Oh du fröhliche.
Klingglöckchen.
Stille Nacht.

Gegenüber dem Kaufhaus
spielen junge Leute auf Instrumenten,
die Andi nicht kennt.
Hört sich gut an.
Nicht so bescheuert wie die Weihnachtslieder.
Niemand bleibt bei den Musikern stehen.
Nur wenige Münzen
liegen in dem Hut am Boden.
Die Leute hier in der Fußgängerzone,
die sehen und hören nichts.
Die kaufen nur wie verrückt.
Ihm soll es recht sein.
Je voller das Kaufhaus ist, umso besser.

Andi merkt jetzt erst,
dass er schon vor dem Haupteingang steht.
Er lässt sich mit der Menge
in das Kaufhaus hineinschieben.
„Pass doch auf, verdammt!“
Die Frau, die so schreit, ist beladen mit Tüten.
Andi kann den kleinen Jungen
gerade noch auffangen.

„Heul bloß nicht!“,
schimpft die Frau mit dem Kind.
„Auf der Rolltreppe musst du aufpassen!
Ich kann dich nicht festhalten.
Ich hab beide Hände voll!“
„Er ist doch noch klein“, sagt Andi.
„Klein. Der ist drei.
Hat ja wohl Augen im Kopf!“
Und schon verschwindet die Frau
mit dem Jungen im Gewühl.
Drei. Bennie ist auch drei.
Aber Andi will jetzt nicht
an seinen kleinen Bruder denken.
Der wird nie so angeschrien. Der nicht.

Im dritten Stock kennt Andi sich am besten aus.
Hier gibt es Computer und Stereoanlagen,
Fernseher, CD-Player und Walkmen.
Bei den Gameboys und den Videospielen
hängen wieder jede Menge Kinder rum.
Die beiden Verkäuferinnen
sehen total genervt aus.

Heute verkauft hier außerdem ein junger Mann,
den Andi noch nie gesehen hat.
Aushilfe, das merkt man.
Null Ahnung hat der, muss dauernd fragen.
Gerade nimmt er zwei teurere Walkmen
aus einem Glasschrank.
Eine junge Frau schaut sich
die Geräte gründlich an,
schließlich geht sie aber
mit einem von den billigeren zur Kasse.
Der Aushilfsmensch ist beschäftigt.
Die verschmähten Walkmen
stehen vergessen neben dem Glasschrank.
Andi schwitzt.
Gleich, denkt er, gleich.
Noch einmal. Nur noch heute.
Dann hab ich's geschafft.
Sie haben es mir wohl nicht zugetraut.
Mike schon gar nicht.
Als ob ich das nicht gemerkt hätte!

Andi zieht den Reißverschluss seiner Lederjacke
ein bisschen nach unten.
Gut, dass die Jacke weit genug ist.
Er versucht,
sich näher an die Walkmen heranzuschieben.
Wenn er nur nicht so unruhig wäre!
Ich brauch doch keine Angst zu haben,
redet er sich ein.
Bis jetzt hat es immer geklappt.
Warum soll es heute schief gehen?
Er guckt sich verschiedene Kassettenrekorder an.
Dreht die Preisschilder rum.
Kein Mensch achtet auf ihn.
Und schon hat er einen Walkman
unter seiner Jacke.
Nein, jetzt bloß nicht wegrennen.
Cool bleiben. Nicht auffallen.
Sein Herz soll nicht so laut klopfen. Verdammt!
Er muss sich zwingen, langsam zu gehen.
Das muss er jedes Mal hinterher.

Andi sieht sich
in einem großen Kaufhausspiegel.
Sieht so ein Dieb aus?
Quatsch! Ich bin kein Dieb.
Normalerweise jedenfalls nicht.
Ich gehör zu Mike. Zu seiner Gang.
Früher hieß das Bande.
In Amerika sagen sie Gang.
Mike steht auf Amerika.
Mike hat auch den Namen
für die Gang ausgesucht.
Sharks nennen sie sich.
Klingt doch viel besser als Haie,
hat Mike gemeint.
Ich hab drei Walkmen
in einer Woche versprechen müssen.
Heute ist Freitag.
Montag hab ich den ersten gebracht.
Jetzt kannst du nicht mehr
über mich lästern, Mike!

Die Rolltreppe bringt Andi ein Stockwerk tiefer.
Niemand scheint ihm zu folgen.
Er kann den Walkman unter seiner Jacke
gut mit einer Hand festhalten.
Mit der rechten,
die tief in seiner Jackentasche steckt.
Ewig dauert das,
bis man sich so wieder aus dem Kaufhaus
rausgeschoben hat.
Er kommt in die Schreibwarenabteilung.
Auch hier ist es rammelvoll.
Die Leute suchen Weihnachtskarten aus
und Geschenkpapier.
„He, hier geblieben! Das gibt's doch nicht!"
Andi ist eingekeilt.
Er kann weder vor noch zurück.
Neben ihm wird ein alter Mann
von einem Pärchen festgehalten.
Der Alte versucht sich loszureißen.
„Von wegen abhauen!", schreit die Frau.
Der Mann neben ihr
hat den Alten am Arm gepackt.
Es ist so spannend wie im Fernsehen.

Die Leute vergessen sogar
ihre Weihnachtskarten
und das dämliche Geschenkpapier.
Alle glotzen.
Starren auf den alten Mann,
der irgendetwas in der Hand hält.
„Ich hab's genau gesehen", sagt die Frau.
„Alleskleber, 'ne große Flasche.
Hat er da drüben geklaut."
Und der Typ, der wohl zu ihr gehört,
hält immer noch
den Arm von dem Alten umklammert.
Er sagt aber nichts,
hat die Lippen zusammengepresst.
Wütend sieht er aus.
Vielleicht ist es ihm peinlich,
dass alle Leute stehen bleiben und glotzen.
Und der alte Mann sieht aus,
als würde er gleich anfangen zu weinen.

Inzwischen ist einer im grauen Anzug
gekommen.

Er schiebt die Leute, die ihm im Weg sind,
einfach beiseite.
Der muss das schon öfter gemacht haben,
das merkt man.
Der ist bestimmt Hausdetektiv.
Andi schwitzt wie im Sommer
in Italien am Strand.
„Kommen Sie bitte mit!“,
sagt der im grauen Anzug.
Es klingt wie ein Befehl.
Andi weiß nicht,
ob nur der alte Mann gemeint ist
oder auch die beiden,
die ihn immer noch festhalten.
Andi hält den Walkman
unter seiner Jacke genauso fest.
„Sie wissen,
dass wir jeden Diebstahl anzeigen“,
sagt der im grauen Anzug laut.
Der alte Mann duckt sich,
als wenn ihn jemand schlagen wollte.
Das gibt’s doch nicht, denkt Andi.
Die können den doch nicht so fertig machen!

Er sieht,
wie sie den Alten in den Aufzug schieben,
die Frau, der Mann und der im grauen Anzug.
Ziemlich grob.
Und er sieht noch einmal,
wie der alte Mann guckt,
bevor die Aufzugtüren zugehen.
Scheiße!
Um Andi herum reden die Leute.
Regen sich fürchterlich auf.
„Eine Schande. In dem Alter.
Muss man sich ja über die Jugend
nicht wundern!“
„Sogar die Kinder klauen heutzutage schon
wie die Raben.
Und nicht nur in Nachbars Garten
wie wir früher …“
Andi hält den Walkman so fest,
dass ihm die Hand weh tut.
Bloß raus hier, ganz schnell!